ダンス＆ダンス

エスと私とセレネーネと

ますだおさむ

東京図書出版

Φ

Φ

Φ

エスと私とセレネーネの
セクシャルで危うい
愛に満ちた生活が始まる――

ダンスはネ

Ｓｅｘはネ
オルガスムスを体の内に響かせ
お相手だけと愛を共振させるものだけど
ダンスはネ
それを外に向かって響かせて
観ている人みんなと愛を共振させるの

そう、ダンスは
愛ね。

私はダンサー

そう、私はダンサー。
ロスでダンスの勉強をしてきて、二年前に日本に帰ってきた。
日本ではロンドンの人気ヴォーカルグループのバックをやって以来
ちょっと注目され
最近ではソロの仕事もちょくちょく声がかかるようになってきた。

けど……ね

日本のダンスシーンも増えたとはいえ、ダンサーだけで食べていく
のはきつくって
仕方なくモーターショーのコンパニオンなんかの仕事もやっている。

そりゃ悔しいけど

ロスから帰国した次の年、ショーの帰りにエスと知り合った——そう情報屋のエスね。
そのエスが
港の倉庫街の屋上にある私のペントハウス——実は屋上にある物置に使っていたのを
改装した部屋なんだけど——に転がり込み
まあ結局のところ同棲生活って流れになったたってわけ
といっても、エスには事務所兼の別の住む所があるらしくって、度々帰ってこないから
半同棲生活ってとこかな。

Φ

Φ

Φ

エスのこと

ここだけの話だけど
情報屋のエスって、ちょっとヤバイ仕事もしている。
――部屋を出る時はいつも、サスペンスドラマのように
ドアを開けてもすぐ出ないで必ずドアの陰から外を窺ってから出る――
今も何だか上海マフィアの男たちに追われているみたい
でも、脚に隠しているバタフライナイフを
まるで蝶が飛ぶように華麗に操って
いつもマフィアを追い払ってしまう。

スゴイでしょ

Watashi.

肉食獣とパパイア男

仕事柄、高カロリーの食事が必要——っていうかお肉が大好き
だから、一ポンドのリブステーキを毎日二枚平らげる。
「この肉食獣め！」エスは言う。
で、エスといえば——
パパイアをつまんでは
プエルトリコの強いラムをストレートで
飲んでいる。
だから
私ら一緒に夕食とることないねえ……

パパイアにまつわる蜘蛛のはなし

五時間もかけて化粧したのに
いったいエスは何処に消えてしまったの
せっかく蜘蛛が獲物を捕らえたというのに――

エスの大好物のパパイアを、ヒールで踏んづけてやれ
パパイアの実の欠片が蜘蛛の巣に弾け飛ぶ
蜘蛛は慌てて獲物を落とす。

お願いだから、俺の大事な蜘蛛とパパイアをいじめないでくれよ
いつの間にかエスは
クイーンズダブルのベッドの端に座っている――

だってワタシ、五時間もかけて化粧して待ってたのよ。

Φ

Φ

Φ

その蜘蛛――「アシダカ軍曹」といって、足を広げると十二センチも
ある巨大なヤツ――
エスは、時々ジャーキーとかパパイアなんかを食べさせてるみたい。

エスのことは、ほぼ全面的に好きだけど
この件についてはゼッタイ許せない。

この間
ヒールで踏んづけてやったんだけど、軍曹はビクともしなかった。

やれやれ

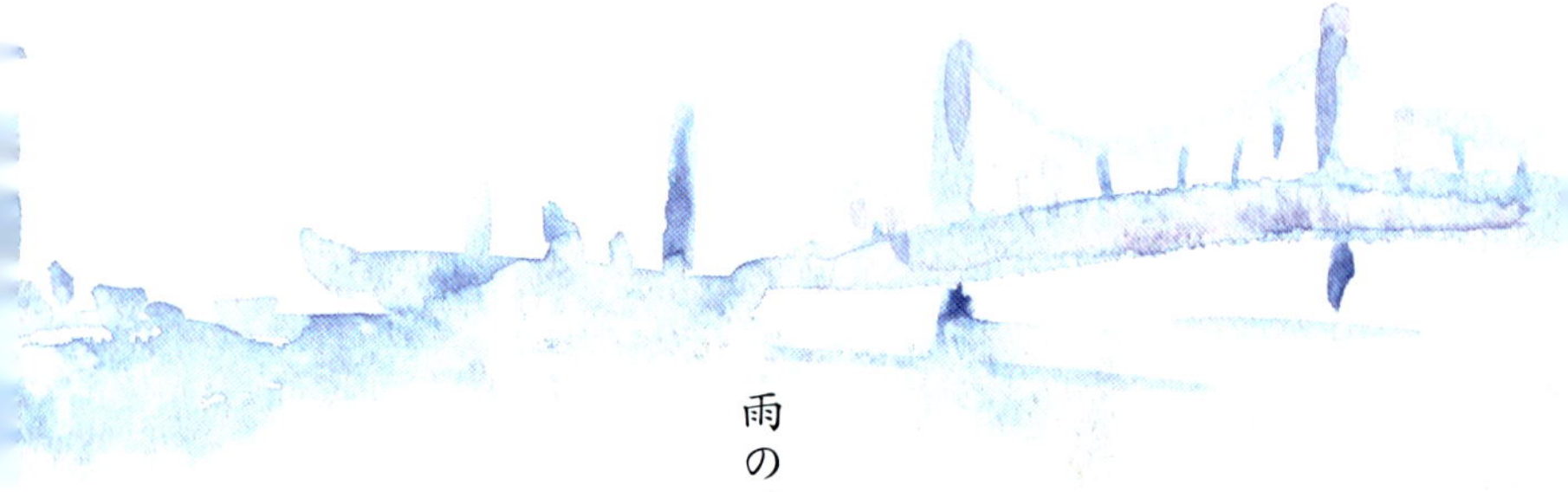

雨のベイエリア

倉庫の屋上からの眺めは最高で
特に雨の日なんか、煙る橋の下を
行き交う外国の貨物船やタンカーなど
ずっと一日中、エスと二人で眺めて過ごす。

まあ、そんな風にエスと私との半同棲生活は
とても平和で穏やかだった――

息子のエル

新しいパパ、どう？
まあ
まあって、どう？
いいかも
……
そっか
……
お金いっぱい持ってるし
……
そっか
……
でも、元のパパの方がいいかも

エスには、
別れた奥さんとの間にエルって
四歳の男の子がいるの。
でも、裁判で養育権を前の奥さんに
取られてしまって
エルとは三カ月に一度しか会えない
んだって。

まあ、いろいろあるのよネ

Φ

Φ

Φ

エスはサルサ

それって、サルサじゃあないの
私の踊り、ジャズ系なんだけど
コンガを叩くのを止めてエスが途方にくれる
——俺さあ、ジャズってわかんネエんだけど——
まあいいっか
サルサの振り、こんど使ってみるとするか?

男と女のデュオ

カッティングシェイプス
メルボルンシャッフル
時男は、私の影のようにぴったり
私に合わせてくる。
私は、わざと時男とタイミングを
ずらす――

男と女のデュオは
ちょっとズラして踊る方が
セクシーよ。

時男が先にいく
私が遅れて入る
ん――
今日も最高のダンス&ダンス。

時男のこと

時男は私の――そう影だね
いつも、私にひっついてる。
その存在を消してね
だから、時男が傍にいても私はぜんぜん気にならない
そこが時男のいいところ……

時男とデュオを組んで、ダンスコンテストで優勝した夜のこと
時男と寝てしまった。
けど、俺の女になったなんて態度はぜんぜん取らないし
そこが時男のいいところ……

だから、時男とは一生離れないかもね？

見え見えの私

アボカドのフルーツサラダ
マンゴージュース
パパイアハワイアンパンケーキ
それに、ステーキを魚に替えてみたりして
私はエスと一緒に食事をするようになった。

エスは倉庫街の部屋に帰らないで
事務所に泊まる日が多くなった。

そりゃあ当然だよ、この頃の私って見え見えだし
私のウワキに気がつかない方がおかしいよ。

でも、もしかして
エスとは一生離れないかもね？

南の恋の熱気

マンゴーやパパイアや
あのものすごく臭く、ものすごく美味しいドリアンも
南国のフルーツは……
とろけるような果肉が、とてもセクシーね

南の太陽と恋の熱気が
きっと、あの果肉の中に閉じ込められているせいね……

エスの私への恋の熱気は
パパイアやマンゴーに
吸い取られてしまったのかしら
最近……

マンゴーとバタフライナイフ

エスがバタフライナイフを研いでいる
エスの左手の薬指にはめた髑髏の指輪が
ナイフを研ぐ度に妖しく光る。
あいつとタイマンでもする羽目になったの？
私の質問にエスは答えないで、黙ってバタフライナイフを研いで
いる。
それとも、そのナイフで私のハートを切り裂くつもり？

エスはバタフライナイフを研ぎ終える。
そして、テーブルの上のマンゴーを空中に放り上げる
バタフライナイフが、それこそ蝶のように目にもとまらぬ速さで動く。
シャッシャッシャッ
ナイフとマンゴーが踊る。

いつの間にかエスの左手に持った皿の上に、ふたつに割られたマンゴーが着地する。
マンゴーの実をひっくり返す。
格子状に切り込みが入った果肉がゆっくりと開いていく……

皿の上にマンゴーの花が咲いた。
アンタって、喧嘩より花がお似合いよ

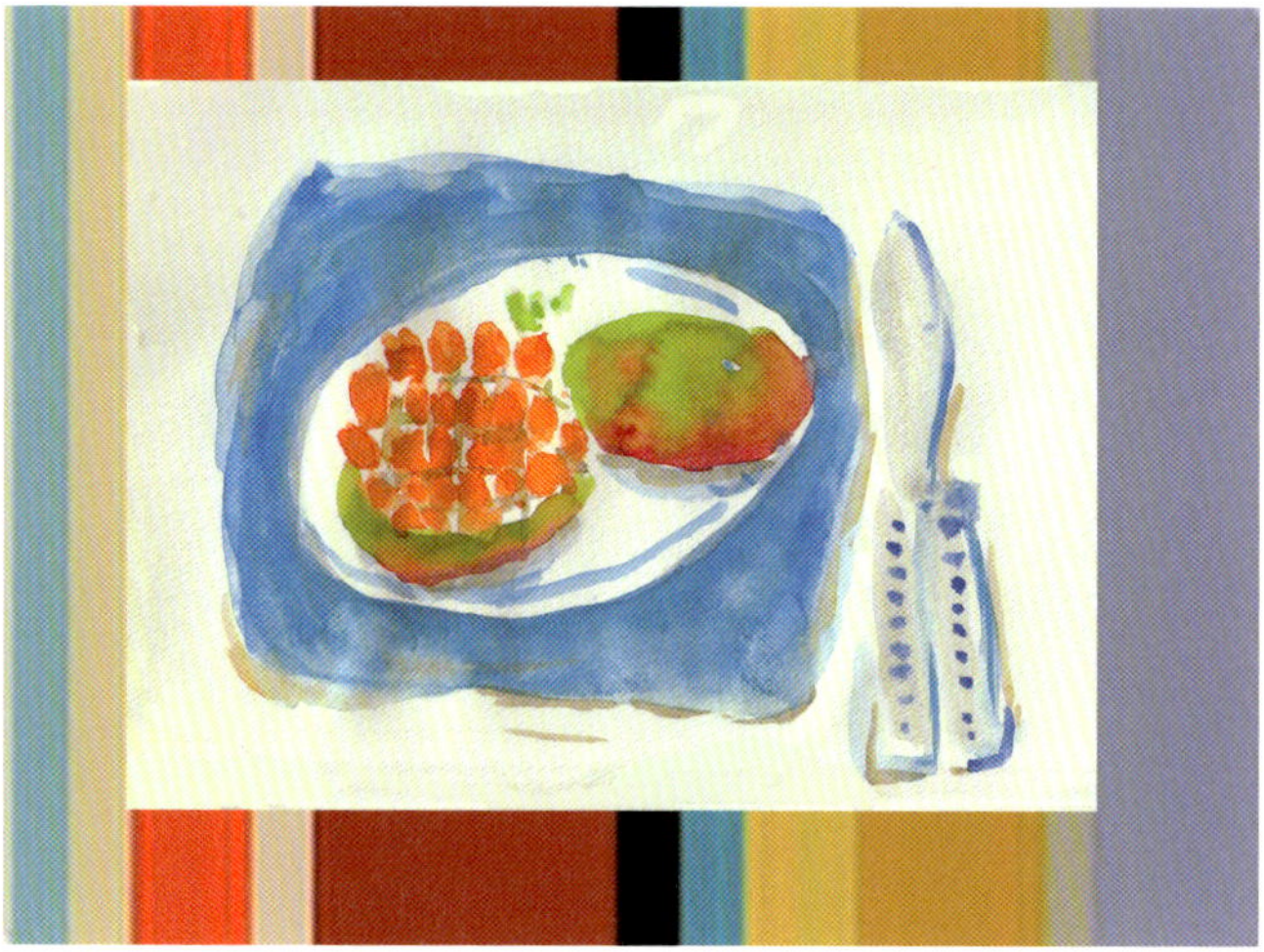

タイマン

エスは手にバタフライナイフ
時男はカンフーの構え
満月に照らし出された港の岸壁で二人は対決する。
雌を巡って闘う雄猫のように
エスがバタフライナイフを繰り出す——
飛び技でかわす時男——
時男の体が宙を飛び旋風脚《せんぷうきゃく》がエスの顔面を捉える
エスのバタフライナイフが手から離れ蝶のように空を舞い時男を襲う。
次の瞬間、投げられたバタフライナイフは、なぜか失速して岸壁のコンクリートの上に落ちる。
エスと時男の二人は、闘争心を奪われてしまったかのように岸壁に座り込む。

セレネーネ

あれは確かスーパームーンの夜のことだった――
手にはパラソルと古い革製のトランク
頭には花飾りのついたツバの広い帽子
なんか十九世紀のヨーロッパの貴婦人って感じの女が
月を背にして、深夜の桟橋に立っていた。

Selene

そう、
あなたは空から来たのね
――白人と東洋人とのハーフのようにも見えるが
ちょっと違うな――
彼女は、地球上の人種の、そのどれにも当てはまらない
個体のように私には思えた。

彼女は一言もしゃべらないし
食べるものといえば彼女が持っていた
「Moon marshmallow」と書かれた缶の中のマシュマロだけ。

まるでずっと前から決まっていたように
――ごくナチュラルに
彼女は、倉庫街の私たちのペントハウスに棲むことに
なった。

どうやらエスとはテレパシーで通じるみたいで
彼女の名前は、セレネーネというらしい。

よく見ると、セレネーネは少女のように見えた最初の印象と違って、二十代前半くらいの成熟した大人の女だった。
彼女は見掛けよりふくよかな豊満な体をしていて
痩せて筋肉質の私と対照的な体だった。

——ヤバイ

Φ

Φ

Φ

倉庫街の危うい生活

セレネーネが一緒に棲んでから、一カ月くらい経った初冬の新月の晩のこと
衣装部屋に寝ているはずのセレネーネが
いつの間にかベッドの私とエスの間に眠っていた。
私たち三人は今までずっとそうだったように抱き合って朝まで眠った。

こうして——
エスと私とセレネーネとの、セクシャルで危うい愛に満ちた生活が始まった。

三人での生活をエスはとっても気に入ってるみたい。
そりゃそうだよ
私のスレンダーなバディとセレネーネのふくよかな体の
その両方に囲まれて暮らしてんだから……

でも不思議よね？
エスとセレネーネが愛し合うのを見ていても、まっいいかって感じだし
私とエスが愛し合っても、セレネーネも何とも思わないみたいだし……

倉庫街での三人の暮らしは
とても平和で、とても至福に満ちていて
とってもダンス＆ダンス。

Φ

Φ

Φ

アシダカ軍曹

セレネーネは
蜘蛛のアシダカ軍曹が大層お気に入りで
肩や帽子の上に乗せては遊んでいる。
気が向くとマシュマロを軍曹に食べさせたりするものだから
――蜘蛛に甘いお菓子をやっちゃあ駄目だ――
と、エスに叱られる。
でも、セレネーネはいつも知らんぷり。

『Moon marshmallow』

――それじゃ、アンタの踊りはポールダンスだよ――
UNITのショーのリハの時、振り付けのサラにそう言われた。
確かにそうかも？　腰なんか振ったりしちゃって
いったい、どうしちゃったのかしら私……
最近の私の踊り、何んか変わってしまったみたい。

「サラのバッキャロー！」
ベロベロに酔って部屋に倒れこむ私の顔を、セレネーネが覗き込む。
Moon marshmallowと書かれた、例の缶の中からピンクのマシュマロを取り出し
私の口元に差し出す。

仰向けのままの私はもの憂げに口を開ける。
ピンクのマシュマロが、赤いルージュが淫らに唇からはみ出した
私の口に入ってくる。
「何この味？　エッ、何んで、何んで、何んで？
こんなに美味しいの……」

ショーのキャストから降ろされて落ち込んでいた私は
何故か心が晴れ晴れとした気分になっていた。
「何？　何んだろ？　この気持ち……」

黄色の星型のマシュマロ
オレンジ色の三日月のマシュマロ
ピンクの丸いマシュマロ

食べるとネ
心が何んだかとても穏やかになってきて
何んでも許してもいいヨ……って気持ちになれる。

不思議だね——

「バッキャロー!」なんて言って
サラ、ごめんなさい。

Φ

Φ

Φ

Φ

Φ

Φ

海亀の産卵

初夏の房総の海は
午後の日差しを受けてキラめいていた。
海の水をかけ合ってじゃれ合ったり……
波打ち際を裸足で歩いて、砂についたエスの広い歩幅の
足跡に、私とセレネーネが歩幅を合わせて歩いたり……
流木の枝を角にみたてて闘牛の真似をしたり……
三人はずっと昔から、とても仲の良い家族だったように
海辺で遊び戯れた。

ウミガメ、来るかなぁ
ウミガメ、卵を産みに来るかなぁ
太陽が沈んで月が昇るまで待つことに
しましょうか？

ランチの残りのミラノサンドでも食べて
ポットにまだ残っているコーヒーでも飲んで
セレネーネはマシュマロを食べて
その丘の上でウミガメを待つことに
しましょうか？

セレネーネも満月に生まれたのかな？
きっと満月の晩だと思うよ
だって、セレネーネは満月の夜に空から来たんだからね……
私たちとってもラッキーね。

最後の一匹の子ガメが砂から頭を出す。
――おやおや、それじゃあ海に行けないよ――
そして、砂のくぼみに落ちてひっくり返ってしまう。
仰向けのまま彼は足をバタつかせていたが
ついに動かなくなる。
――ウソ、死んじゃったの？
するとセレネーネは、子ガメを優しく持ちあげ掌に包む。
そして静かに息を吹きかける。
――時間がセレネーネの時間に変わる――
魂が蘇る予感が夜の浜辺を漂う。
子ガメは海に向かって力強く砂浜を歩んでいく。

セレネーネマジック　そのI

エスの前の奥さんが息子のエルを連れて
男から逃げてきた。
部屋は広いし、どうこの家にいっしょに住んだら?
って私が言った
あらあら……
またセレネーネのマジックかしら?

何とまあ、アパートを追い出された時男までも転がり込んできた。

倉庫街での六人の生活は
ずっと昔から仲の良い家族だったように
穏やかで平和と慈愛に満ちていた。

あらまあ……

セレネーネマジック　そのⅡ

ダメダメ、それじゃ両足が揃っちゃってるよ
エスの前の奥さんサ……
それにしても、アンタってダンスは下手ねえ
お料理は上手だけど。

料理は任せたよ
ネエ、私のお姉さん！
うん、今日もとってもダンス＆ダンス。

そうそう
バタフライナイフって手首だけで動かすんだ
そう、センスいいじゃん――
エスが、時男をほめる。

時男はエスにカンフーを教えたけど
エスってセンスないかもネ

エスと時男は、ずっと昔から仲良しだったみたいに見えた。

S. Tokio

愛って
実は、スゴク強欲でエゴイズム……

自分の子供が一番とか
好きな人が他の人を愛したらゼッタイ許さないとか
国や民族や郷土への愛も
同じかな……
愛が憎しみを生みだすのね

どうやら
セレネーネは、そのことを伝えに来たみたい。

セレネーネマジック　そのⅢ

普段はどう猛で強欲な、桟橋のカモメがね……
変よね
捕った獲物をね、カラスに分けてあげたの……
そりゃ、やっぱり変だよネ
これもやっぱり、セレネーネの仕業かな？

スーパームーンの晩の出来事

こんな夜更けに
いったいセレネーネは
何処に行ってしまったのよ……

あらまあ、船の煙突の上にいるなんて
私が呼ぼうとするのをエスが止めた。
セレネーネは、きっと月の誰かと話をしてるんだよ……

そろそろホームシックかな？
それにしてもデッカイ月だね
スーパームーンなのかも？

私、オシッコしたくなっちゃった
先に帰ってるね。

Φ

Φ

Φ

月の女神

アルテミス
ディアーナ
ハトホル
ヒナ
ルーナ
メーネ
みんな月の女神の名前なんだって……

あった、セレーネーの名前
ちょっと一字違うけど……

やっぱり
セレーネーネは
月から来たのかしら……

ねえ、エスはどう思う？

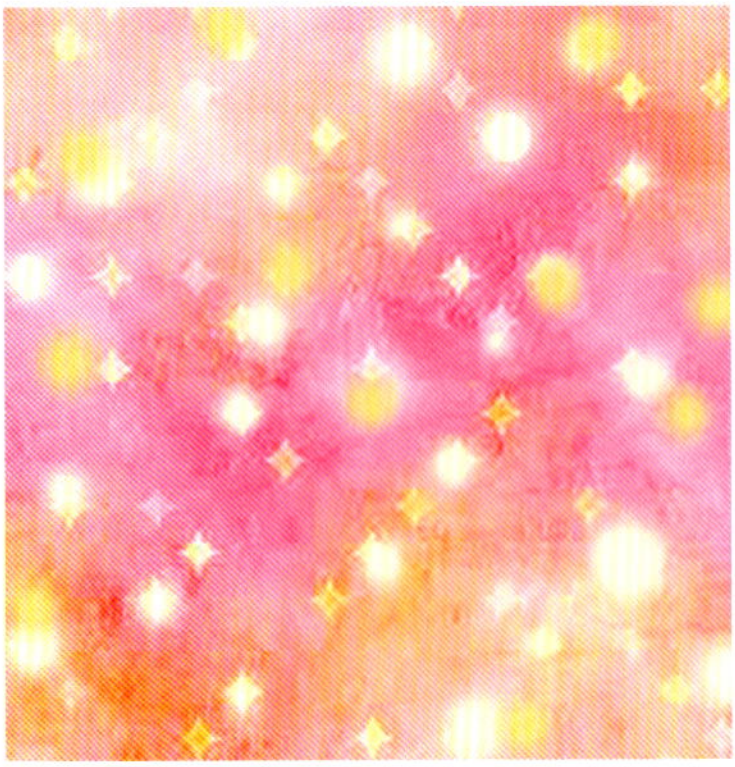

ライトチェンバーのこと

何でも月の裏側には
ライトチェンバーっていう光の部屋——そう光の
シェルターみたいなのがあるらしくって
何でも、その部屋につながると魂の波動がもっと
高い波長にシフトできるんだって。

私もよくわかんないけど
セレネーネはね
私たち人間——
何だったっけ？　そうホモサピエンス
そのホモサピエンスにね、そのシフトのことを教
えにきたみたい。

アポロ以来、月には行ってないしね。

ピンヒール

朝、起きてみると
夕べ降った雪で港は真っ白……
エスと二人で桟橋に行ってみる。

変だね？　この足跡。
桟橋の端っこで消えてる……
ヒールの足跡だよ
しかも、ピンヒールだよ

この女《ひと》
何処、行ってしまったのかな？……

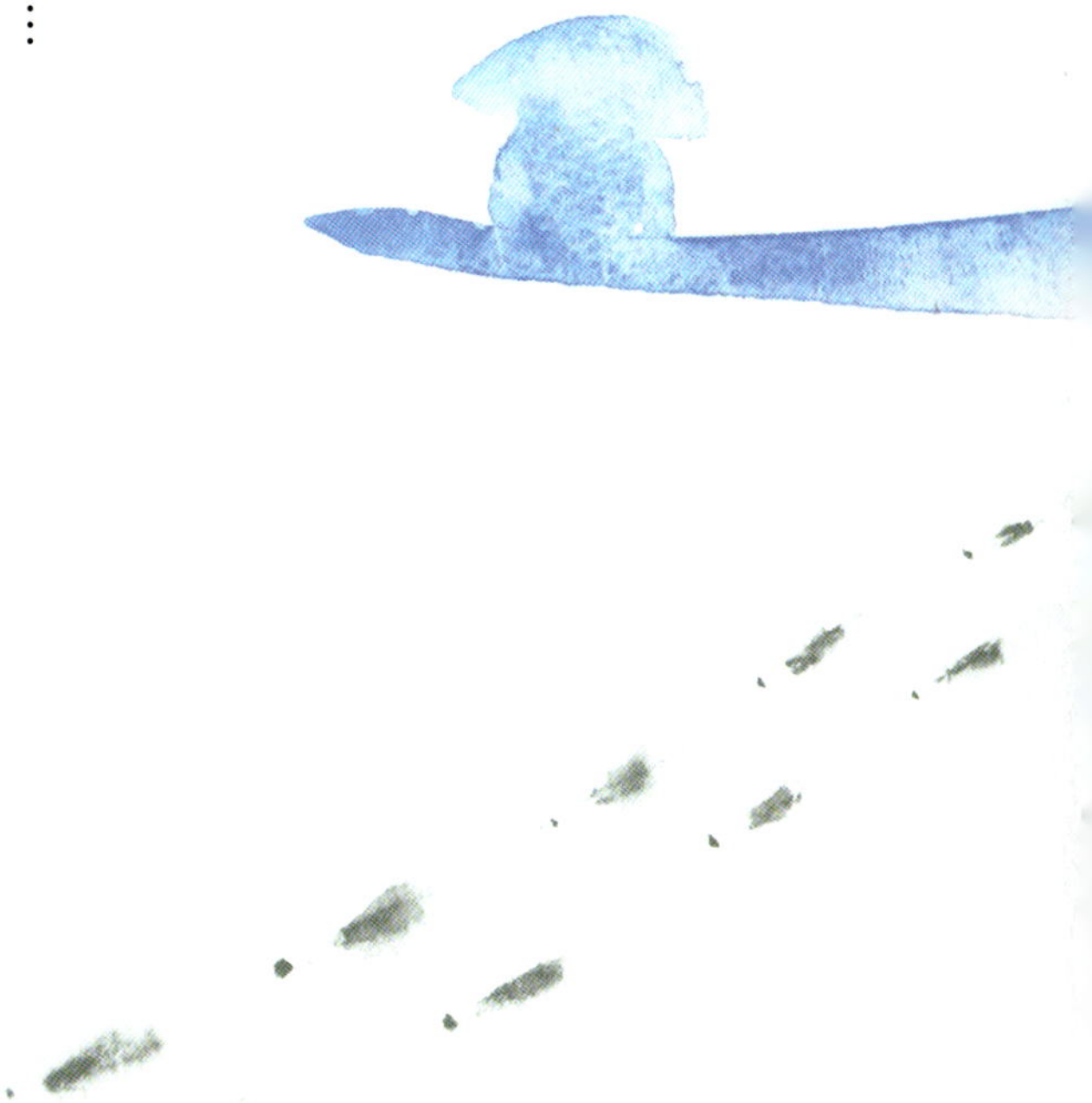

『Σελήνη』

セレネーネが消えた。
缶の中にマシュマロのレシピを残して――

Moon marshmallowの缶の中に
たどたどしい字と下手くそな絵で書かれたマシュマロのレシピが入っていた。
エスと私は、セレネーネの残したレシピを元にマシュマロを作ってみようと思った——

たまたま時男の実家がケーキ屋さんで、全面的にサポートをしてくれたし
エスの希望で、マンゴーやパパイア味のマシュマロとかを加え試行錯誤の末
ムーンマシュマロは完成した。

そして、『Σελήνη』というブランド
でマシュマロのお店を出したの
そしたら、これが何とバカ売れ——
私たちはスゴイお金持ちになった。

夕陽を朱色に反射させた銀色の橋の向こうから
今夜も月が昇ってくる。
私たちは
倉庫街の屋上で東の空からセレネーネが現れるのを待っていた。

絵小説のはじまり

著者の増田氏とは、彼が演出家で僕が企画のライターとしてテレビCMの制作会社で八年ほど同じ釜の飯を食った仲である。

「昭和の傑作CM200選」の中に彼の作品が二本入ってる。

その一つに、あの小学館の「ピッカピカの一年生」がある。

彼は日本のテレビコマーシャルの黄金時代を担った一人でもある。

そんな彼がある日……

「オレ、小説出すんだけど、やっぱり長いもん書けないんだよね！」

といって見せてくれたのが、CMの絵コンテみたいな絵と文章が一緒になった原稿である。

真っ先に目に入ったのがそこに描かれた「絵」である。

一見華奢なタッチに見えるその絵はなぜか不思議な雰囲気を醸し出している。

その絵は、非常にビビットな色彩と墨絵のぼかしのような彩色である。

若いころ染色デザイナーだった所以であろうか？

大人向けの「絵小説」なんだと彼はいう。

それは絵物語であり、寓話でありファンタジーにも思える。

ストーリーがあるようで、それでいて突然に展開がジャンプするという——実にテレビCM的表現でもあり、またその行間にはあのニール・サイモン（劇作家）にも似たシャレた匂いも漂う。

文字と一緒に描かれた絵の〝色〟が小説に溶けこむように滲み込み、それがファンタスティックなものにしている。


主人公の〝私〟のたわいない会話やエッセー的文体の中に、人類に課せられた心や魂の進化といった、非常に大きな課題や提言が込められていることに読者は気づくだろう。

決して長くはないこの「絵小説」には、著者の心に潜在的に漂っていた〝何か〟が目を醒まし、それが彼自身の感性を発揮させ、「絵と小説」のはじまりを演出した作品となっている。

熊田正男（挿絵画家）

ますだ　おさむ

TV-CMをはじめとする映像監督
元：染色デザイナー
時々：スピリチュアルカウンセラー
CM作品：小学館「ピッカピカの一年生」
三井のリハウス「白鳥麗子シリーズ」
大成建設「地図に残る仕事」など

ダンス＆ダンス

2019年6月21日　初版第1刷発行

著　者　ますだ おさむ
発行者　中 田 典 昭
発行所　東京図書出版
発売元　株式会社 リフレ出版
〒113-0021　東京都文京区本駒込 3-10-4
電話 (03)3823-9171　FAX 0120-41-8080
印　刷　株式会社 ブレイン

ISBN978-4-86641-250-4 C0093
Printed in Japan 2019

ご意見、ご感想をお寄せ下さい。

［宛先］〒113-0021　東京都文京区本駒込 3-10-4
東京図書出版